島／國

陳黎 著

目錄

輯一　北島

輯三 南國

輯一

北島

台北車站

台北車站挺著東西南北四個大門站在那裡，向
四方張開一張以時刻表記憶卡鋪成的時間地圖：
「我是搭莒光號轉普悠瑪號北上的卑南族青年
請問尊貴的北部可有鷹架讓我振翅高飛？」
「我是越南來的新娘，在阿公店偷偷打工
他們說越往北，越好賺錢——敢係真欸？」
「台灣尾一路搖到台灣頭找頭路，頭家啊

借我下載嘻哈版的〈媽媽請你也保重〉」
「我是從桃園搭區間車上班的ＯＬ，他在公司
附近motel摸遍了我，說我是現代桃花源」
「我是坐高鐵上來修ＥＭＢＡ學分的ＣＥＯ
順便到京站廣場挑幾款內衣哄我的小秘書」
「我是從大阪飛到松山轉兩色捷運來的奈緒子
哪一條路通向母親當年和多桑喝酒的六條通？」
「太魯閣號和太平洋一樣以浪以浪的速度斜斜推我
上101大樓，我是後山離家呵護後庭花草的同志」
「我是每週六在南三門和你們稱作菲傭的桑德拉
碰面的菲勞馬可，她喜歡吃我的嘜當勞……」
「每次坐自強號出來他就說要反攻大陸，我說
我的阿公老公，我從大陸來我就是你的大陸！」
「每天在這裡紅轉藍，藍轉紅，三鐵共構的車站

鍛鍊我和時間鐵人三項外，不曾讓我衣錦還鄉」
「我是在車站內外遊蕩和飛蚊守望相助的阿龍
全家就是我家，車站地板就是我家床板」
「我的音樂四處流浪，琴盒一開，地下道就是相同的
國際舞台，用你們的硬幣和我陰柔的音符共鳴吧」
「我們穿戴沙龍頭巾在這裡慶祝開齋節，可樂炸雞國中
有國，席地圍成家鄉的地圖，啊 ibu，請你也保重……」

三重

14路公車過台北橋，終點站：菜寮……
多年多年以後，回娘家，步出太魯閣號
或者計程車過忠孝橋，轉中正南路，或者
捷運六分鐘到民權西路站，再六分鐘到
菜寮站。菜寮，我們的家園，雖然不再有菜
時間以三重的速度，多種交通工具行進著
父親從水泥房四樓走下，抱著原本藏在木屋

衣櫃鐵盒裡的舊照片和新台幣，從最緩慢最熟悉的公車躍下，直奔機場，如此迂迴地盪向鐘擺另一端，而青春何其速啊，從梅縣一飛，成為中華商場餐館裡的梅干扣肉在長長的賞味期限過後，隨他飛回梅州市發霉的泥屋裡。他把孫中山換成毛澤東幫助親友建設新家，在他們同樣誕生的廣東家父以為他是國父。在三重我們家，他的確是。是國法，家法，戒嚴法。是國父，家父嚴夫嚴父。三重的尊嚴：為國，為家，為自己而時間仁慈地送他拐杖，送他腰痛，調整他執法的速度與力度，送他一個又一個愛他氣他又不敢礙他逆他的兒女孫媳……。他們搭公車上下學搭捷運上下班，有的嫁到外地，有的奮鬥海外

17．三重

從他手上領到的是骨氣而非房契，最難忘的是
市場裡幫忙賣菜的點點滴滴，在異地的夢的
石枕，在他頑石的腦袋，暗暗滴出一個又一個
音孔，水與石與時光的三重奏：一個讓他與她
合成的我們安身／離開的家，一個聽起來有點菜
非常台的地方，一個讓旋轉木馬永遠迴旋的
記憶的圓心……。我們又回來了，三重
14路公車過24忠24孝橋，終點站：菜寮……

月光華華

月光華華，滿姑滿姑
偃看到一條白馬
對你唱个歌仔飈出來
白白亮亮，親像鶯歌博物館
裡背个陶馬，在天頂。
你歌仔唱遽，佢就走遽
你歌仔唱慢，佢就慢慢行：

19．月光華華

月光光，秀才郎，騎白馬，過蓮塘……

你講你聽阿婆講，阿太
頭擺係秀才，天晴時做田事
落水時在屋下讀書，暗晡頭
騎一條白馬，一個人偷偷仔去
三峽水沖壙沖涼，鑿綠竹筍
啊，坐在該片白馬背上
唱歌个，敢係阿太？

佴將歌仔錄到手機裡背
作業做好，身仔洗好，眠床上
睡目時，打開手機仔，月光華華
佴就看到阿太騎一條白馬，一下仔

大聲唱歌，一下仔細聲同倨講：
細人仔好好讀書，等大咧
撩倨共下騎馬，過三重埔，食
八尺長个狀元鯉嬤……

註：（客語）倨，我。滿姑，小姑姑。對，從。飆，急奔。裡背个，裡面的。佢，他。走遽，跑得快。阿太，曾祖父。頭擺係，從前是。暗晡頭，晚上。水沖壙，瀑布。鑿，挖掘。該片，那邊。睡目，睡覺。細人仔，小孩。撩，和。共下，一起。鯉嬤，鯉魚。

客中水月

1 十分水

細妹仔恁靚！
你的瀑布好像（十分，十分
像）她們的
細肩帶，細細的……

有聲
有色
有舌

隨熱天的風伸出去
舔細倈仔面頰卵紅啾啾的血
一條條博命的花舌

2 三峽月

我至極望你像三峽的月
光光

我細細聲講：分我一半
的光
我登時看到你脫下來一半的你：
脫
月
兌
跌落去我的心
兌
心

悅

一蕊歡喜的夜合花：

你的，我

的

光

註：十分瀑布，在台北平溪。（客語）細妹仔，女孩子。恁靚，這麼漂亮。細倈仔，男孩子。面頰卵，面頰。

上邪

上妹，毋係
邪惡，係天啊！
倨愛同你相好。同你
行過山路，行過秋冬春夏
一下看樹一下尞，唱一條
桐花个歌仔，唱到油桐綠葉
黃如土，唱到泥下落葉開白花
山路脣口个石頭，一粒粒聽到
浮起來……莫管雞啼四、五更
你就同倨相連唱，唱到白雪雪个
桐花變雪花，揚蝶仔樣，漫天飛舞
一蕊一蕊鋪成新娘床，靚到無人敢出聲

27．上邪

𠊎毋使唱歌，你毋使講話，無聲个桐花
替𠊎兩人出聲。五花瓣个白色晶體
最恬靜个雪，最單純个花。白係
唯一个語言。跌落个姿態親像
𠊎等夢个身胚……發夢，睡目
天地間一等自在，平和个眠床
𠊎毋敢隨意停動，盡驚壓到
踩到，共樣睡忒了个花仔
啊佢等係眠床又係睡美人
溫暖个五月雪，將𠊎
將你將時間連成
一條白被仔

註：上邪，漢代樂府詩，其首句「上邪，我欲與君相知」，用客家語說大概是「天啊！𠊎愛同你相好」。𠊎，我。係，是。奈，玩。脣口，旁邊。揚蝶仔，蝴蝶。靚，美。毋使，不必。身胚，身型。發夢，做夢。睡目，睡覺。共樣，同樣。睡忒，睡著。停動，移動。盡驚，深怕。佢等，它們。

春之雪白國歌

朵朵桐花從春天的綠鞦韆盪落，翻轉到
沿山路遠足的女童們髮上，停格為
永恆的髮飾。飄著香味的五瓣形風車，因
凝成雪而靜止。無須低溫冷藏，不會走味
融化的五月雪。純淨一如孩子們的笑容
雪白當中透出幾點淡紅、粉黃。啊，那些
彩色的花蕊花粉是甜蜜的螺絲釘，把

花香鎖在女孩們耳際，心上，夾在她們
未來的新娘書裡，蓋著芬芳透明時光郵戳
的一張書籤，島嶼大小男女國民最浪漫的
國徽……她們唱著春歌，唱著五角星形
音符與白色休止符譜成，五聲音階，不時
發光發香，動靜自如的春之國歌繼續
往前走。她們有著絕對音感的眼睛，耳朵
和張開的指掌。徒手愛國護國，惜美
愛美的女童軍！同行的家長老師們，突然
覺得孩子們是他們的新公民與道德老師
美是最高階的道德：美與愛。綠鞦韆把花
盪成雪，把女童的白襪盪成婚紗，把失學
已久的大人盪回童年。在滿山燦開的
桐花下，沒有人是壞學生。沒有人為腳下

頭上，或飛或止的五月片片雪花的統
或獨，聚或散，惡意攻擊對方。春之雪白
國歌斷續的虛線，把我們，把當下圈合
在一個無邊界，無邊防的美的共和國……

竹塹風

竹塹，老房東道卡斯說，是我們道卡斯族語
「海邊」的意思。所以，竹塹風就是
海邊的風。海的藍與風的利，凝聚在每日
不同色澤的天空的玻璃窗裡，寒暑更迭
切割成日後玻璃廠裡風姿萬千，線條曼妙的
彩琉璃，靜默地將竹塹的民風人文吹向島嶼
四方，吹向世界。那風，把一艘艘透明晶亮

集美與智於一體的小舟，從海上吹到陸上
莫非那就是一機多用的智慧型手機的前身？
以風的手指觸控眼裡的液晶螢幕，不斷改版
升級。從十七世紀原型的海邊之舟，十八
世紀的竹舟，十九世紀的新竹舟，二十世紀
新竹舟J版、新竹舟K版，到眼前日新
月異的旗艦版……啊，竹塹，多像一艘
插滿旗幟，風光上岸，可航可居的兩棲艦
——御風而行，逐浪而居。老房東說，房子
後來租給浪跡島上的漢人，原聲的海風裡
迴盪著閩南語、客家語的音響，喧賓奪主
把房東趕到十八尖山、客雅山做客，熟習的
海風轉為山風，時而又聽到從北方飄進來的
多捲毛的舌音……啊，你們說是眾聲喧嘩

萬旗群飄。他說他同意，他同意，只要你們
記得竹塹是什麼樣海藍與風姿構成的旗艦
你們說它的丰采創意早已有口碑、受肯定
一府二鹿三竹塹……但他說島上首府南北變
台灣府變總督府，總督府變總統府，而那頭
鹿退隱江湖久矣，但以莿竹、以風環繞的
我城竹塹，卻愈環愈寬，愈繞愈大方
五色鳥從竹蓮寺邊尋常百姓的李家飛出
父親以畫筆彩繪島嶼山水四季之美，兒子
以早熟的天才，刻苦勤奮的精神，為世界
展現智力之美……歹勢啦，我們的竹塹
像風，像香山濕地的泥味，愈擴張愈芬芳
那自號愁予的我的詩人同行，帶著達達的
馬蹄，從學府路中學校出來，踏遍島嶼群山

蹄聲響徹天下，以美麗的詩的錯誤不經意
調整了人間的單調，謬誤。弦歌不輟的
中學校以歌以樂成新竹塹風，歲歲摘下
島嶼音樂賽桂冠，把西岸的海吹拂成
翻動著一頁頁浪的五線譜的藍色音樂海
讓東海岸中學校裡的我們也想青出於藍
效西施之音頻，同享富音樂之美的海風：
記憶體不斷增大，身型輕巧，無遠弗屆的
竹塹風……不錯，吹向世界，吹向島嶼四方
它的行政區、風景區，愈吹愈廣。手訂
花蓮八景，從新竹州遷來花蓮港廳的碩儒
駱香林，在他窄陋的臨海堂賦詩、授徒
那一府——總統府——裡的元首欲見他，遣
手下請其來，以筆為劍的竹塹客駱香林說：

要見我，就請你自己來我處！那元首果然
輕車簡從，把總統府搬到了臨海堂。啊，他
臨的是太平洋的海風，竹塹的風骨。我
說客家話的母親，跟著她父母祖父母，被
同樣的竹塹風，海邊的風，從竹東吹到東竹
又吹返玉里、鳳林，在花蓮港街和她的
親戚們打造一條筍乾與菜脯香四溢的客家街
中央山寨版，太平洋風版的竹塹旗艦……
老房東道卡斯說：什麼東西，南北，原廠
副廠！凡有我道卡斯，我一大甲、一大甲
海風處，即是竹塹……。十八尖山上，他
拿著一台科學園區剛出廠的最新型手機
以視訊通話，一句一句，又尖又亮地說……

傅園
——給台大的明信片

短牆外是捷運台大站3號出口
短牆內是帝國大學熱帶植物標本園

羅斯福路上的美國時間被風飄吹過
紀念亭希臘式白色圓柱，突然

悠閒起來，變成台灣製的分針秒針
隨枝幹上長出的細長氣根緩緩
注入土裡，吸收島國泥香人情
變成支柱根，協助支撐亭前噴水池
……水柱的高度

註：傅園位於台北羅斯福路台灣大學校內，為台大校長傅斯年骨灰安葬之處，原本是日據時期台北帝國大學熱帶植物標本園。今園內有希臘建築式紀念亭（斯年堂），亭前有尖碑和噴水池。

椰林大道

——給台大的明信片

校園前面真理堂裡出來的信徒
眼中看到的，也許是他們的主
沒錯，耶穌！在夜色裡如所有
孤獨的先知，踽踽獨行於這條

椰林大道。真的好像是祂，耶！
木木木木木木木木木木木
耶耶耶耶耶耶耶耶耶耶耶
木木木木木木木木木木木
當然不是祂。是我們倆，人約
黃昏後，我的大耳朵貼著她的
小耳朵，緊緊靠著，悠哉悠哉
旁若無人地走過這條椰林大道

醉月湖
——給台大的明信片

仲夏夜，星子們發起在湖面上
舉行「快閃」活動

它們選擇的音樂是
歌劇裡的〈飲酒歌〉還有我們

都聽過的「一閃一閃亮晶晶」
湖邊步道上的情侶
都跟著唱：一閃一閃亮晶晶！
果然滿天滿湖都是

小星星。唱歌劇時
它們還帶了道具：又烈又涼的
香檳。邊唱邊把酒氣吐向夜空
害場外月亮也醉了
這些我們都不在乎
因為我們忙著在柳樹蔭裡——

共同三松
——給台大的明信片

你們是共同教室前的三株松
也是同樣叫琉球松的三株松
和周圍木欄杆三座餵鳥平台上幾隻金屬
假雀鳥假松鼠共同餐風飲露
聽學生們，以及偶然飛跳來覓食的真雀鳥真松鼠

吱吱喳喳說不停

不停下問你們分得清人語鳥語，真話假話否？

松下問三松：

他們聊的是家事國事天下事學校事男女事或者松下

大不了的鳥事？

學院之宿

以客為
尊，群
賢畢至

首先是浪跡文學院圖書館外多年的
竹林諸賢。他們從頂樓的天窗
隨一陣輕風和切切嘈嘈的麻雀叫聲

45．學院之宿

check in
物理學在四樓以夢的槓桿
撐開微溫的被單
統計學上上下下電梯，忙著測量比較
不同層次的鼾聲，笑意。床是
故鄉。回鄉，在家的感覺
是輕盈一切的形而上學
透視法跟色彩學說：
我一泊二食，賢賢
易色（沒錯，食
古，食色，化
為新的
美學
）

）
）
）
）
）
多賢明
多乾淨
的極簡
主義
啊

泊於

雪白
枕的
沙洲：
安身
聽
時光
之流
星湧

註：二〇一四年春，在捷絲旅（Just Sleep）旅店台大尊賢館。

芹壁賦

海撥弄巨大的五百弦琴（
五百弦俱繫澳口龜島一柱）
用琺瑯藍的綺想曲，為岸壁
演繹閑情賦：願在裳而
為帶，在髮而為澤，在眉
而為黛……日日以浪的
髮簪、眼影膏、深層霜

圓滑奏、斷奏交錯的音符
綴飾岸壁。岸壁傾額聆聽
不時瞥向清澈如鏡的
龜島芹囝四周水面，欣然
為悅己者容……願在晝而
為影，依岸壁之形而西東
願在夜而為萬千小銀珠，與
滿天星輝交鳴，響亮如黑天鵝
振動的兩翼。海撥弄巨大的
五百弦琴，我們看不到它任何
手指，感覺被萬頃音樂托起
飄飄然在屋宇如音階般
依山勢升起的芹壁此方……

註：芹壁，在馬祖北竿，為一背山面海之村落，屋舍為花崗石建築，依山勢呈階梯狀排列，錯落有致。芹壁村北面澳口中央，有一突起的花崗岩礁石，狀似海龜，居民稱之為「芹囝」，或「龜島」。

釣魚台

氣象預報裡
習慣湧起的風浪
突然拔高如一支釣竿，遠遠地
把透明的釣勾用力
甩向你，勾搭你
聽覺裡模糊的鄉愁：

「釣魚台海面，風力
七到八級，船隻應加……」

暖暖

七堵八堵之後
這天氣，終於突圍
而出，暖暖起來
就像暖暖這小站
我們趁空檔下車
小站在月台上

我說這地方原是
平埔族那那社所在

那是消失的哪一族
那是哪個年代
你急切地問這問那
我吶吶以對——
我只知道現在天氣
很好。暖暖。我們
在暖暖。像此際
我們明亮的心情
也許車子再開動後

在哪個時間，到
哪個五結六結之地
哪裡又鬱結起來

礁溪

石石石石石石石石石石石石石石石石石石石石石石石石石石石石石石
石、、、、、、、、、、、、、、、、、、、、、、、、、、、、石
石、、、、、、、、、、、、、、、、、、、、、、、、、、、、石
石、、、、、、、、、、、、、、、、、、、、、、、、、、、、石
石、、、、、、、、、、、、、、、、、、、、、、、、、、、、石
石、、、、、、、、、、、、、、、、、、、、、、、、、、、、石
石、、、、、、、、、、、、、、、、、、、、、、、、、、、、石
石、、、、、、、、、、、、、、、、、、、、、、、、、、、、石
石、、、、、、、、、、、、、、、、、、、、、、、、、、、、石
石、、、、、、、、、、、、、、、、、、、、、、、、、、、、石
石、、、、、、、、、、、、、、、、、、、、、、、、、、、、石
石、、、、、、、、、、、、、、、、、、、、、、、、、、、、石
石、、、、、、、、、、、、、、、、、、、、、、、、、、、、石
石、、、、、、、、、、、、、、、、、、、、、、、、、、、、石
石、、、、、、、、、、、、、、、、、、、、、、、、、、、、石
石、、、、、、、、、、、、、、、、、、、、、、、、、、、、石
石、、、、、、、、、、、、、、、、、、、、、、、、、、、、石
石、、、、、、、、、、、、、、、、、、、、、、、、、、、、石
石、、、、、、、、、、、、、、、、、、、、、、、、、、、、石
石、、、、、、、、、、、、、、、、、、、、、、、、、、、、石
石、、、、、、、、、、、、、、、、、、、、、、、、、、、、石
石、、、、、、、、、、、、、、、、、、、、、、、、、、、、石
石、、、、、、、、、、、、、、、、、、、、、、、、、、、、石
石、、、、、、、、、、、、、、、、、、、、、、、、、、、、石
石、、、、、、、、、、、、、、、、、、、、、、、、、、、、石
石、、、、、、、、、、、、、、、、、、、、、、、、、、、、石
石、、、、、、、、、、、、、、、、、、、、、、、、、、、、石
石、、、、、、、、、、、、、、、、、、、、、、、、、、、、石
石、、、、、、、、、、、、、、、、、、、、、、、、、、、、石
石石石石石石石石石石石石石石石石石石石石石石石石石石石石石石

57．礁溪

註：氵＝水。灬＝火。

三星

有一種蔥叫三星蔥
三星。我父親說他
從那裡來。還有他的
母親，他的父親
最遠的一顆星，如今

是曾祖母，依然亮著
在記憶的天空。被我
下載存在螢幕桌面
我們在人間。三星在
神戶。偶而入神的
我們，得以沿著
飄浮的蔥味，學其說
要有光，就有光……

南方澳

我的大姑姑嫁到這裡
嫁給她捕魚的丈夫
讓我們在隨爸媽坐車
去蘇澳時有新鮮的魚吃

南方澳，海很藍，水
很深。她話很少。生下

三個小孩，看他們長大
結婚後，她離家當尼姑

我一直覺得這很深奧
很南方澳。我的大姑姑
和她女兒一樣漂亮，很少
抱怨很少凶，突然當尼姑

北埔
——注音練習：七星潭所在

ㄅㄆㄇㄈㄉㄊㄋㄌㄍㄎㄏㄐㄑㄒㄓㄔㄕㄖㄗㄘㄙ
ㄚㄛㄜㄝㄞㄟㄠㄡㄢㄣㄤㄥㄦㄧㄨ
ㄩ

北埔慢風低挺你浪歌
看海將裙鞋擲出
爽如縱彩絲

63．北埔

啊波折
葉脈媚耀
誘岸伸長夢餌
牴觸
雲

普通的鄉愁

台北
松山
七堵
八堵
暖暖
四腳亭
瑞芳

65．普通的鄉愁

猴硐
三貂嶺
牡丹
雙溪
貢寮
福隆
石城
大里
大溪
龜山
外澳
頭城
頂埔
礁溪

四城
宜蘭
二結
中里
羅東
冬山
新馬
蘇澳新站
永樂
東澳
南澳
武塔
漢本
和平

和仁
崇德
新城
景美
北埔
花蓮

輯二

夢中央

夢中央盆地

1 杵歌

這次，不是航向愛爾蘭
而是乘著夢的輕舟，盪回
島嶼中央，沉水的白鹿
鹿角與鹿角閃閃角力、發光的
明潭，向守著盆地的船山愛蘭

搖清風為槳，我來重尋
以盆地為木臼，邊搗邊唱的
杵歌——上一次聆聽時（噢
半世紀了），是僅存的
兩百多族人全體的合唱

痛快啊痛快，在前人未踏的
湖中，浮著獨木舟斟酒，任
大波小浪即興推到盡頭……
那熟悉的歌聲，如今更曼妙
只是唱歌的人越變越少

湖光閃閃，小米成熟了

帶少女和幼童，一起來幫忙
收成，一起為豐收歡唱
隨一階階越搗越響，越響
越高的音波，夢回台地烏牛欄

這島嶼中央的盆地群，有多少
鳥棲居，龍潛藏？有多少
來不及自拍、轉寄，上傳於
臉書的不同族群男女的臉龐？
有多少鳥居龍藏來過，說

啊，數目越來越少了，這些族人
這些散發不同色澤光芒的語言
歌謠，像流星般要消失了……

湖光粼粼，我聽見月光的冰木杵
把大小盆地搗得響又亮

2 夢中央

夢中央盆地口停靠著一座船山
有入無出，大船入港一泊數千年
船首是醒靈寺和基督教醫院
船尾是甘泉噴湧的鐵山里
船名叫烏牛欄，或者暱稱作愛蘭
多麼安穩、優美的睡姿！安穩了
整個盆地人們的睡眠和聚寶盆
優美了孩子們的夢和群峰的身姿
我穿著涼鞋重登這夢的台地

茭白筍田伸出皎潔的茭白，向
我露白的腳趾打招呼。大小石塊
堆出的洗衣窟前，婦女們洗著的是
不能用洗衣機洗的剛弄髒的雲朵
的桌巾。乾淨的藍天，一如乾淨的
心情，要鋪乾淨的桌巾！那將天下
第一名泉的水挑到台地下的酒廠
換取一天四角錢工資的挑夫
是烏牛欄社人的後裔，還是大馬璘
社人與漢人的混血？純淨的好水
造出好酒，也造出好紙。那一張張
堆疊起來的手工紙，不就是通向
雲朵上對飲的酒神與美神的雲梯？

3 紙教堂

這次，不是航向尋求獨立的
愛爾蘭，它已然獨立，獨立在
天搖地裂後盆地村落的水邊空地
五十八根紙柱支撐起的夢的
紙教堂，彷彿由天而降，超然
於諸般信仰，靜立於一切政教
紛爭之上。它的身影如一個
黃色大燈籠浮在水面，輝映
滉漾著的不只是溫暖，還有希望

像詩一樣，寫在很輕很白的紙上
不經意地撐起浮世，撐起生命中

不可承受之重。你來點亮它
用纖細的心電，如果有愛
每一根手指都是仙女棒。加入
它的光，加入它的寬：一粒沙有
多小，它如何連成一片沙灘
連成護繞、富饒著島嶼的東西
南北岸，水沙相連，吸引一波波
不同膚色，不同語系、聲調的浪

一粒米有多寬，如果有幸和識
與不識的米合煮成飯，在以天籟
為蓋的盆地的鍋子裡（啊，湖光
閃閃，小米成熟了……）那米粒
如何航過我們口水輕盪的食道

在夢中央開出一朵朵桃紅色的
燈籠花，叮噹作響，綴飾著
島嶼中央盆地最美麗的紙教堂
啊，桃米的夢舟，航向愛的紙船

註：埔里盆地群為大小十幾個山間盆地之總稱，位於台灣島中央，包括埔里、魚池、日月潭等盆地。一九〇〇年日本人類學者鳥居龍藏來此踏查，感嘆盆地上某些原住民族群即將絕滅。其中居於日月潭的邵族人口，學者陳奇祿一九五五年調查時，已不及二五〇人。愛蘭台地，舊名烏牛欄台地，位於埔里盆地入口，有「船山」之稱，因地形像一艘進港的大船，早為族群活動平台，清道光後，陸續有巴宰族人遷入，建立烏牛欄、大馬璘等社。「紙教堂」原為日本一九九五年阪神大地震後於神戶鷹取社區用紙建成之教堂，二〇〇五年拆解，二〇〇八年重新組合完成於台灣九二一大地震受災最嚴重的南投埔里鎮的桃米村。

大度山

這樣的氣度：
以三朵晚雲的淺笑
淡定整個盆地一日的焦躁
以忽而新細明體，忽而
行楷體的一行行微風
揭開早晨發自心電的第一封電子郵件

賴和

我們賴以和民眾共享安和生活者為何？
十六歲的你說：「好身體！」所以你
進入醫學校習醫。你二十二歲成親
回鄉開賴和醫院，二十年內生六男三女
其中五人夭折。你說良醫之子，多死於病
而你醫術不足以稱高明，何以至此？
你著短衣短褲，簡單的台灣服，仁心虛心

對每日前來看病的病人，一如你試圖以
質樸的白話，剪裁出清新易懂的詩文
啟迪島嶼民智。你知道時代的進步
和人們的幸福，是兩件事，如果不能有
自覺的頭腦。你哀嘆曾將醫國手，殺卻
兩嬌兒——啊，是五嬌兒——自嘲不殺人
不足以為良醫，醫病人，也醫被異族
掐住脖子，瘖啞失聲，不能自主的島國
他們稱你「和仔仙」，但你深知你不是仙
只是凡人，凡醫，一個留著八字鬍，讓人
誤以為是醫院藥劑師或男佣人的台灣
歐吉桑。勇士當為義鬥爭，你兩度入獄
為了正義，為了公理，但無人知曉歐吉桑
也被寂寞，被情感所囚……囚繫原為日人

所開酒家的台中銀水殿時，你賦詩笑稱
　如何幾日無聊裡，已博人間志士名
芭蕉雨無端攪亂閒情思轉長，你想到的
或是家人，同志，或是遠方久久不見的
那女子。一個名字，讓你靜靜唱起你最
喜歡的日本歌，失戀的歌……美人情重
更難違，而你違背了召喚你的雨，以及
靜靜的江，一朵懶雲……幸福，原來還
要有好心情，和好風景。車過二林，你的
同鄉後輩詩人向西遠眺平原風景，看到
防風林　的外邊　還有防風林　的
外邊　還有防風林　的外邊　還有
海　以及波的羅列。而你知道二林事件後
還有二林事件後　還有二林事件後　還有

哪一天也許不見了的濕地，白海豚，以及
無法被禁錮的波……簷前燕子始來歸，幾
箭蘭花得雨肥。你覺得做為一朵雲，你
夠濕夠肥了。我們賴以共享安和生活者
為何？你很想偷偷告訴我們：還有賴和

澄波
——嘉義・一九二七

歷史讓你，前一年畫成，一鳴驚人
率先入選帝展的《嘉義街外》消失人間
只留一張黑白照，要我們在溫陵媽祖廟旁
街上，重現那些蒸發的油彩。唯你知道
你筆下每一道彩浪都是熱情而寧靜的心之

澄波。時間就是那條斜斜穿過畫面與街上
行人背道而馳的水溝，溝水與廟前婦女
洗衣的泉水交會蹦流處，是你要我們珍惜
玩味的生之喜悅，兩隻優哉遊哉的白色小雞
綠葉茂密燦張的大樹。你猜那一根根整齊
排列的電線桿，會先跟哪些路過的臉書連線？
嘉義街外，嘉義の町はづれ，嘉義市郊……
你把我們心之邊緣呼之欲出，沉默的按讚聲
全都凝聚在這一九二七年夏日早晨，祖國
泉州來的媽祖的廟前，一張91×116.5 cm的
畫布。你知道很快地，二十年後，槍聲會從
畫布外的火車站前響起，躺在門板上淌血的
你的身體就要穿過被你反覆鋪繪成典型的
那斜斜街道進入你自己的畫中，翻轉為島國
美術史，生活史，政治史一頁澄亮的波光

85．澄波

註：陳澄波，一八九五年生於嘉義，一九二六年以油畫《嘉義街外》（《嘉義の町はづれ》）入選日本「帝國美術展覽會」——此畫於一九四七年「二二八事件」後失蹤，於今唯留畫作黑白照，然畫中街景可見於一九二七年繪成的另一同名之作與一九二七年夏完成的《溫陵媽祖廟》一畫中。陳澄波於一九四七年「二二八事件」後被國民黨軍隊槍決於嘉義火車站前。

鹿港

整個城市像一具算盤
算珠上上下下，盤算
入港出港船隻鹿皮
穀米絲布石材藥材
這地形似鹿的鹿港
一張嘴開開闔闔唸唸
有詞，渴啊。泉水

跨海峽而來，入口
出口，止渴又激渴
忙啊。來不及刷清的
泥沙像污垢淤積牙縫
這港沒有香港香了
用泉州腔唸看看：
香港買香香兩兩……
是不是口臭讓本港
口齒有點不清了？
我們惜玉憐香的鹿
據說，一氣跑進了
狹僅通人的摸乳巷
火車要進去載它出來
兜風兜風重振口風

但巷子太窄了，鐵路
無法通過，我們的鹿
從此隱而不彰，雖然
它一直在彰化……

虎尾・一九七七

那一天，星期六，家住西部的受訓預官們一早就放假返鄉，規定投票給執政黨的候選人。家住東部和離島的我們這些人吃完了早餐，唱完軍歌，才被放出去到虎尾街上。整個虎尾就那麼一條主要的街，一條不怎麼長的老虎尾巴。我們買半票進入唯一一家戲院，看早晨的歌舞團。隔了那麼多年，我完全忘記演唱了什麼樣的歌，跳了什麼樣的舞。只記得表演到一半，三、四個女郎突然跑上舞台，掀開袍，光著上下體，微蹲著身子，面對我們，足足好幾分鐘，其中一個，我記得很清楚，挺著一個懷胎多月的肚子。老虎的尾巴像一條鞭子，虎虎有風地打在我心上。像蒼蠅一樣的我們，那一天還環繞著這條虎尾做了什麼，已無印象。那一晚回到營區，臨睡前，從北部投票回來的同袍小聲說出事了，他們把警察局燒了，因為中壢的投票所有人作票。我當時很累，不覺得事情有什麼重要，很快就睡著了。

蓮花行

你對我說：「芳兒，我想看蓮花長得怎麼樣。」你病得很重，阿婆，身體很痛。母親不讓我跟你睡了，說你身上都是細菌。那天早上你起得很早，到屋後把身體沖乾淨，換上最喜歡的衣服。我們在蕉嶺。你說往南行。我說梅縣只有梅花，沒有蓮花。你說往東南行。我聽作江南行，因為課本上說江南可採蓮，蓮葉何田田。到了晚上你就走了，閉上眼睛，安靜得像一朵梅花，在蕉嶺冷冷的秋山。我沒有哭，我說我會告訴你蓮花長得怎麼樣。他們教我玩結婚的遊戲。往東南是海，再往東南是島。我來到島嶼東南的大洋畔。我的假丈夫給我真香蕉吃，蕉嶺沒有的，很多肉的香蕉。這一次我哭了。他說幸福吧，你以前只吃過香蕉皮，現在給你吃香蕉汁。那車站的牌子上亮著大大的兩個字，我一直看作是蓮花。翻過蕉嶺就是梅縣。翻過青春，就是陌生到不陌生的稻香村。東南可採蓮，蓮花比梅花鹹。海邊有鹽，海風把淚吹得有點蓮花味。我買了手機，阿婆，我把一朵朵拍過、怕過的蓮花的臉都貼在臉書。看到了嗎，阿婆？你說的。芳兒，行萬里路，讀萬卷書……

越鳥

距離河內市三百公里，站在
我生長的村莊廣大的田裡
我們有的是藍藍亮亮的天空
不遠處跟天一樣藍的下龍灣
以及偶然飛過頭頂的機器鳥
姊姊說那不是鳥，那是飛機
（她後來嫁到了韓國）

我說，如果能搭一次飛機
就是死了也甘心

十九歲的我從田裡走回家
那男孩從亞熱帶的島嶼來
在我們村裡走動了兩日夜
不好意思地對我說：
我可不可以看你滿是泥土的手？
我可不可以和你做朋友？

二十歲的我坐在機器鳥上
和他一起飛到亞熱帶的島上
像一隻青蛙從綠綠深深的
田井中，飛跳到藍色的大洋畔

他們說這裡好山好水好無聊
我說好山好水好熱鬧！
直直歪歪交叉的街道
大大小小的商店醫院學校……
我重讀了一次國小，因為我要教
我肚子裡的孩子唱這島國的國歌
我重讀了一次國中，因為有一天
我要跟我的孩子一起沖上網
左手敲ㄅㄆㄇㄈ，右手按
ＡＢＣＤ，瀏覽全世界

當我想到家鄉時，我會偷偷
擦掉眼淚，就像從田裡工作回來的
爸媽，擦掉身上的雨水汗水

我會用越南話唱歌哄兩歲的
女兒入眠，我會用越南話講故事
等四歲的兒子張大眼睛……
有一天當他們在古詩裡讀到
「越鳥巢南枝」時，站在南方
島上的他們也許會朝南指向
遠方天空透明神秘的藍色鳥巢
說，看，那是我媽媽的故鄉
那是我外公外婆從下龍灣
上傳的天空之城……

上海

上海自來水來自海上
我從花蓮
上海街來到上海街上
在城隍廟星巴克坐下
喝一杯焦糖瑪奇朵
上海老街甜甜地變焦為
上海街。上海在我的

舌尖

在我的鼻尖是比整個外灘
還重的人民英雄紀念碑
棉花酒吧裡笑語如棉花
很輕。海上燈火明滅如花
以不時流洩出的暗香開示我這個
自動從花蓮來補修上海學的學生
輕盈，真好。
上海自學生生活活生生學自海上

北京

牛自己來到北京，還是牛
真牛啊！牽一隻牛到
大會堂前如面對一台
施坦威鋼琴
對牛彈琴可以。
不要彈　彈彈

註：荷蘭有皇家大會堂管弦樂團，團名「大會堂」為荷蘭文音樂廳之意，其音樂廳即樂團所在之地。

長沙

一毛不拔。

巨大的一頭
青年毛像
湘江畔橘子洲頭
毛毛雨中
屹立不拔

文革之後
武打洋片流行之後
帝國主義登陸之後
全身髮癢體會之後

拔一毛而利天下，不為也

未來北方的河流

——給家新

未來北方的河流
是甜的，或苦的？
如人民般沉重，或語字般輕盈？
在上海紅坊園區聞一多像前
我彷彿聽到聞一知多的詩人說

一次文革，一溝死水
夠矣，多矣
剩下來的是詩與美的反撲與
反革命……
在南方蘇州霓虹燈突然斷電的湖畔酒吧，你
柳樹下昭然醉己，以一夜的湖光
和不斷溢出的啤酒泡明志
在被夜流放的五類黑和十二種暗中
你是最卑微而堅毅的一顆星
你整夜策蘭，而
我多想策動湖中尚存的可採的蓮和你
詩中的橘子
隨一條北方的河流流到島嶼邊緣花蓮
一條跨界、跨籍的語字的銀河，足矣

做為「做為譯者的詩人」，在
萬安公墓椽旦，戴望舒墳前，我們都同意
以不受限制的自由體
將他們地下的幽憤譯做今夜香山
滿天流動的丁香香和星光

註：「未來北方的河流」是羅馬尼亞詩人策蘭（Paul Celan）的詩句，也是詩人王家新主持的中國人民大學文學院國際寫作中心「微博」名稱。二〇一四年五月，我受邀擔任人民大學駐校詩人，隨王家新遊歷上海、蘇州、北京香山等地。

在莫內花園遇見莫內

在莫內花園遇見莫內。他問：
「從蓮花池連作環壁的橘園來嗎？」
我說：從花蓮。剛從你的
日本橋走來。你見識過貧困
兩度喪妻，長子壯年
離世。生命苦嗎？
「無常、瞬變是奼紫嫣紅夢幻

黃昏之母，也是雞鳴雀躍的破曉
之父。苦中作樂作畫
詩人經常得意於失意時。我所
能的只是把一池睡蓮，從水中移到
畫布，隨每日晨光的醒來
睜開它們一眨一眨——不同時候
不同色彩——的印象派眼睛
且樂於把它們凝於臉書，讓你們
在液晶池裡看到那些蓮花之臉
時光之臉，我的臉……」
啊，你有的只是眼睛，但
何等的眼睛！那光
重要嗎？
「重要。一如花，水，清風（喔

神的擁抱）……光是所有的顏色
它使其透入的對象鮮活
明媚，一如愛」
但你的視力逐漸衰退（是
白內障嗎？）
你可以清楚用眼察覺光嗎？
「所以還要用心。我清楚瞥見
流水的皺紋，那是
不死的青春……」
我見識過身心之痛，和海藍
天藍一樣重或輕的憂鬱
我可以把我的家鄉阿蓮，或花蓮
變成蓮花池嗎？貼萬頃山綠
與逃學少男少女各色染髮為田田

蓮葉蓮花？
「詩人在自己過敏症、神經質的
皮膚上搔刮出天邊的雲彩
包含於一個空無的屏框
你所能做的只是繼續屏息，忍住癢
向那幻影致敬……美
是人類的增高器。我們用心智
透明的保鮮膜，低溫包裝宅配
慢遞它，不虞賞味期限
那些睡蓮，那些花香，在升起的
夢的水泡中清晰可見可聞……」
在子夜線上莫內花園遇見莫內。我問：
大化之妙，莫非都在一個莫內之內？

紫式部

1

你在午前說：
一隻被細絲繫住的
短尾鳥
如何鳴響成美麗的玉？

我說，飛開自己
在子夜
和紫色的夜溶成
波光萬頃的紫水晶

2

五種發紫的方式——
羞於中，嬌於外
紅得全身皆是。
紫（色襯衫）禁城內
忝為你的緊衣衛。
紫丁香控：近紫者紫
近香則得以偷香。

此糸，這條細絲，這條
細綁我們的細絲。
說：我願為你烏青。

3

紫藤花正明：
不要變厚變肥啊
薄暮

4

姹紫嫣紅開遍——
啊，姐姐
牡丹亭在這裡，我們

去那裡。把夢遺留給
他們，我們遊園執行
夢

5

五角大廈，國防部管
三角戀愛，內政部管
兩袖盡褪，海岸巡防署管
十趾相牴，交通部管
一夕嬌喘，紫式部管

沁

我承認那算一種即時通，一見就來電，冰
涼銀色的電，視覺聽覺嗅覺觸覺味覺拉
環，五環全通聯。聲音比 mp3 薄，滋
味一開始有點難捉摸。她藍牙藍舌
向我。先是模模糊糊的濕意，透
過和她的手裝置配對的我微微
汗著的手，然後像一滴水一
滴茶滲進來一點涼意，一
點甜意，啊我淪陷了！
拉開的是手榴彈或易
開罐，我已分不清
我確知一種水部
的東西流入我
心，也許叫
初激或驚
灩，也
許就
是

沁

異教徒之歌

他冒充黃昏的光線
混入我的胸膛
一整夜，貼著險仄的
肉身的岩壁
和眾器官們談論星辰
用友善，鄉音似的
風琴的聲調舉行露天

佈道大會（啊，我第一次
明白自己是暴露於此生
此世的無所遮蔽之物）
且不時插入外語（O,
dear organs...）故作權威
總之，他以為他是我的
宇宙，或者小宇宙
但不該的是他一邊安撫
信眾各居其位，一邊又暗遣
眼線，翻牆走壁，奪慾而出
隨黎明的海沫搶灘，登錄
於我的額岸（啊，那些
皺紋之浪，那些時間的
浮水印）美其名為

體外受洗

被忘錄

在一條清涼水聲的蠶絲被裡
遺忘了的生之喧囂

*

覆在我身上的你的肌膚是薄薄的
被單，你自我掀動出風
噢那是群星的嘆息，把你我吹塑成浪

*

窩藏我們也被我們窩藏的被窩　是
時間與溫度的混凝土築成的防空洞

*

我們被動
神主動

勇歎調

那些蟬
一大早就給你一張蟬聲的蠶絲被
均勻而纖細，鋪天蓋地而來
這些宇宙歌劇院夏日打工的臨時演員
完全無懼於它們的生澀
絲聲力竭
勇敢地為無歌詞無伴奏無報酬的詠歎調和聲

台東

海和花蓮的海沒有拉界線
味道，比花蓮野
天空（和人行道）比花蓮空
核廢料比花蓮擠
美麗灣比七星潭彎
山的邏輯和花蓮一樣直
火車票搶購速度比花蓮慢

阿卿嫂洗澡沒關窗消息傳播和花蓮一樣快
黑道漂白比花蓮單純
縱谷縱容油菜花炫耀金黃程度和花蓮一樣誇張

花蓮

以浪，以浪，以海
以嘿吼嗨，以厚厚亮亮的
厚海與黑潮，後花園後海洋的
白浪好浪，後浪，後山厚山厚土
厚望與遠望，以遠遠的眺望
以呼吸，以笑，以浪，以笑浪
以喜極而泣的淚海，以海的海報

晴空特報，以浪……

輯三

南國

林百貨

林百貨，末廣町
最摩登的五層樓仔
一九三二年，我們
台南的一〇一
五樓：餐廳喫茶館
壽司一份2角
西餐一份5角（

三份就喫掉隔壁
人家的一斗米）
四樓：碗盤玩具
文具鐘錶
三樓：紡織品服飾
二樓：洋品百貨雨傘
寢具皮箱旅行袋
一樓：菸酒化妝品
糖果餅乾牙膏……
林百貨，愛啥有啥
百百貨，百百好
但是，有一好
就無兩好
林百貨，林百好——

褲袋仔無錢
恁ㄅㄟ無好

打狗領事

打狗看主人
打英國狗看英國人
打中國狗看中國人
史溫侯領事，請問
在你那時，在打狗（也
就是我們高雄）打狗
要看什麼人——

滿清人？日本人？
中國人？台灣人？
或是更台灣人的
平埔族、高砂族？
馬卡道族五百年前
以所植刺竹之
馬卡道語稱呼此地
漢人聽到寫做：打狗
日本人聽到寫做：高砂
順便把台灣也叫做高砂
把台灣原住民稱做高砂族
真是打錯狗之過啊！
多次環島率先記錄台灣
鳥類和哺乳動物的

史領事啊，你在論文
〈福爾摩涉哺乳動物學〉裡
不曾教我們打狗或打人
之道，雖然你很想在論文
〈福爾摩莎鳥類學〉裡
告訴我們：做一隻自由
飛翔天際的台灣鳥，譬如
藍鵬、朱鸝，就可以不必
像狗或人一樣被打

註：史溫侯（Robert Swinhoe, 1836-1877），英國外交官，博物學家。一八六〇年代被任命為英國駐打狗第一任領事。是中國南方與台灣自然生態調查的先驅者。

愛河

愛　薰炙
沼澤的春天；
愛　汲水為幼年的
船仔頭港洗頭；
愛　灌溉阡陌；
愛　組裝舢舨；
愛　滑動螢火飛盪的

夜的螢幕；
愛　下載
蟲鳴；
愛　蒐集淚水；
愛　剪貼虹與橋的臥姿；
愛　收容打狗川的落水狗；
愛　反覆測量
船歌的深度；
愛　練習伸出濕濡的
舌頭；
愛　羞怯地說愛；
愛　瀲灩此岸的燈火樓影；
愛　瀲灩彼岸的樓影燈火；
愛　塗繪群星

掉落的指甲；
愛　在無言處打結醞釀霞；
愛　湧開黎明成為出海口；
愛　使城市每日夢；
愛　使愛河流動……

註：愛河，流經高雄市區的生命之河，舊名打狗川，最上游段為船仔頭港。

玫瑰聖母堂

聖
母啊
你說高
而不必
一定要雄
信仰讓我們的傳道所
增高，當茅草堂舍為
咸豐年間的秋風所破
草茨漫天飛舞，轉成
蜻蜓與群蝶春天歸來
環繞一棵樹向上，時
間的鐵釘透明地釘入
穿身而過，把木質的
聖詠堅定為鐘琴，被入港
的風的手指撥得更響更晶
亮，紅玫瑰白玫瑰黃玫瑰
排列你周圍，輝映成天梯
般扶搖直上的彩色玻璃窗
福爾摩莎的紅磚，硓咕石
西洋、東洋、福州師傅三
位一體的三合土，向上的是
哥德式的尖頂是悲憫是你的
溫柔，你說高而不必一定要雄
永恆的女性引領我們上昇……

137．玫瑰聖母堂

註：玫瑰聖母堂，位於高雄苓雅區五福三路，建於咸豐年間，是台灣第一座天主教堂。

旗津半島

論聲勢，此岸彼岸，旗鼓
相當。哨船頭哨起
舢舨過海，彼岸鳴鑼打鼓
出發了，高雄！
津樑鞏固，我們是
永不落旗的半島，沙洲
長長似旗桿，山似旗

高懸桿頭，銀亮的波紋
是旗影委蛇搖曳海面
旗正飄飄，我們不只
升起旗山，我們還振開
萬頃天藍與海藍
各就各位，啊旗後
炮台、旗後燈塔
想像阿姆斯壯前膛
六噸半大砲四尊齊鳴
想像日落、旗不落的夜裡
八萬五千支燭光點亮
獨眼半島灼灼誘人的
目光。啟航了
高雄！旗鼓相當

又響又亮——快，到
天后宮後面，外商
雲集的酒家福聚樓附近
島國第一家電報局
發簡訊給世界：
一個偉大的港，一個
美麗的港，在
美麗的島誕生了！

註：旗津半島，位於高雄港西側，原稱旗後，因在旗山之後，與鼓山隔高雄港相望。

雄鎮北門

我在打狗港北岸
雄鎮北門
你在南岸旗後
「□□天南」
兄弟啊，我這
砲台小你多矣
雖城門五座雉堞

城垣、營舍
彈藥庫等
五臟俱全
但豈敢與你
爭雄。你臉上
傷口「□□」
非我砲誤擊
切勿誤會
年逾兩甲子
你我皆衰矣
我記不得你
本名叫「砥柱天南」
或「威震天南」
也許叫天天天南

143．雄鎮北門

也許叫下雨天
南

註：雄鎮北門砲台，清末所建，在高雄港北岸，是鎮北門戶。

龜山

做為一座山
55公尺的身高
著實令我汗顏
做為和許多
兔脫而去的各黨派
山頭龜兔賽跑的
一隻龜，我是

戀土愛島的
慢跑者

我慢條斯理
喜歡和路上遇到的
朋友勾勾纏
和它們合影留念：
這是山嵐曙色
那是層巖晚照
這是雨中春樹
那是疏林月霽……

我逗留左營多年
後備部隊裡他們

把我列為海軍
陸戰隊迷你裝甲旅
發言人：但我
口乾舌燥久矣
（你沒看我頭部
伸向蓮池潭欲
吸水而不能？）
我只好裝模作樣
偶而令寒夜
猿啼，略示警戒
偶而搖動潭畔
柳葉串串，彷彿
有風或敵來襲

147．龜山

註：龜山，在高雄左營蓮池潭內，形似龜而得名。

美麗島雜誌

以雜誌之名，行不雜
而單純之實。封面
變來變去，裡面的
目標只有一個：
為美麗島越野賽而
誌。第一屆美麗島越野
大賽，從南方起跑了！

四百年來第一次——
起跑點：中山一路（
大聲疾呼說同志仍須
努力）與（天下為公
選賢與能是謂）大同
二路交叉口。終點：
——你們說，你們說！
由南到北
由野向朝
由天黑到天亮
由不美麗到美麗——第一次
越野接力賽跑衝刺
成功了……

註：位於高雄市中山一路與大同二路交叉口的前《美麗島雜誌社》高雄服務處，是一九七九年「美麗島事件」發生地點。

六合夜市

你們的大廟
祭拜上下四方
六合之內
天地宇宙

我們的小廟
祭拜五臟的

小宇宙
中山路之西
自立路之東
夜市六合

香客食客
八方雲集
一合之內
一千兩百攤位
每個攤位以
十人估
六合之內
總共幾位？

153．六合夜市

鱔魚意麵
蛇肉
烏魚腱
十全藥燉排骨
八寶冰
四神湯
炭烤三明治
台南擔仔麵
彰化肉圓
新竹摃丸
九份芋圓

九份芋圓
一盒兩份

一份九粒
一粒三圓
八折優待
六盒幾圓？

觀音山

島嶼北端的觀音
掩著薄紗靜臥
島南的觀音裸身
趺坐，召喚我們
赤腳爬上它
黃色的身體
摩挲其皮膚上的

粉砂為藥，除病
健身，怡情
登高遠眺
大快人心
你看見赤腹松鼠
你看見台灣彌猴
看見青帶鳳蝶
琉璃三線蝶……
你聽見白頭翁
畫眉，樹鵲，綠繡眼
嚶嚶啼叫……
八方有音，你
自在觀看
在島國南方

157．觀音山

熱情的峰頂
在鬱鬱蔥蔥
諸林相
諸色相之上

註：觀音山，位於高雄大社，形似觀音端坐，為高雄八景之一。

十八羅漢山

我老農
獨坐荖濃溪此畔
以一當九，左右手
齊動，隔著荖濃溪
和彼方山區十八羅漢
同時對弈
溪水是我們的棋盤

我們差遣山嵐浮雲
飛鳥倒影為棋子
從早到晚爭奇
鬥豔，出奇制勝
山水如棋日日新
我已經下了半個世紀
也飽饜了半個世紀的
朝雲暮靄清風涼露
得失寸心外
山色有無中
我願賭服輸，安然自得
不該的是那觀棋的
六龜，一隻隻沒耐性地
龜速離去，徒留其名

晚來的觀眾們明日請早
眼前且看幾朵晚霞
與亂石造成的今日
美麗殘局

註：十八羅漢山，位於高雄六龜荖濃溪旁。

橋仔頭糖廠

橋仔頭過去
是童年
是還在農業時代，還
非理性享受著
風的感性與
虹的性感的
蔗田

換騎腳踏車繞回來
煙囪比掛著偉大
太陽的操場旗桿高
黑煙釀造
五分車，七分飽
和十分甜蜜的
睡意
一粒糖掉在
午寐後的
鼻尖
擦乾口水
時間也過橋來找
失落的
水聲的手帕

橋仔頭糖廠
視覺嗅覺味覺的
博物館

註：橋仔頭糖廠，日據時期台灣第一座製糖廠。

不老溫泉

溫泉不老
人老

男人老
女人老
仙人老
神話老

165．不老溫泉

心
還不想老
還想泡在
溫泉裡
溫洗童話
洗出一顆
還赤
還清新的
童心

不老溫泉從
不老溪來
騎著青牛的

仙人
從山上來

仙人說
當神仙太久了
很無聊
很想重新
做人

他脫光神仙裝
丟下神棍
讓整團肉連同
吃了仙丹還瘦痛的
仙風道骨

167．不老溫泉

一起浸在
無色無臭的
溫泉裡

出獄
入浴
真好

出神
入凡
真好

註：不老溫泉，在高雄六龜，源於荖濃溪支流不老溪的溪谷。

那瑪夏

即使水石流吞沒了
我們的屋宇，我們的
河谷仍在
即使祖母木頭盒子裡的
項鍊被沖走了
從比祖母還老的陡峭岩石上
灑落的兩條細瀑布

是我們更璀璨的銀項鍊

如果有一天
風災水災把銀項鍊
扯斷，把我們
推離家鄉
在島上，在地球上
任何一個地方
抬頭，一條項鍊會從跟著我們
出走的月亮垂天而下

那瑪夏，楠梓仙溪啊
你清涼的水聲
把童年成年的我們和家鄉

和淚，串成一條
濕濕的項鍊
即使災害將你俊美的盛夏
毀了容，在我們心中
那瑪夏那瑪秋那瑪春永在

註：那瑪夏（原住民語楠梓仙溪），高雄三個原住民區之一，位於高雄東北山嶽地帶，居民以布農族為主，鄒族、排灣族次之。

雙聲

1 二十五淑女歌

你敢有聽著阮的聲？
我嘛想欲穿婧衫，畫
婧妝，揹一个若真的ＬＶ
坐捷運去上班，做一个
fashion 閣有氣質的ＯＬ

你敢有看著阮的影？
透早出門，行起去渡船
趕早班打卡為著顧三頓
阮是加工出口區的小螺絲
沉落去水內底踅來踅去

船仔傷過重，物件傷過多
上班的時間傷過長
柑仔色的是捷運阮青春
愈轉愈緊的生產線。直直
栽落去的是紅色的死亡線

阮是淑女，對十八歲

辛苦甲二十八，猶原
孤單一个。也想欲買一間
厝，予爸母小弟小妹四序
也想欲存嫁妝俗俗仔嫁

騎 autobike 摔倒的少年啊
你敢有聽著阮的聲？
你敢有看著阮的影？
敢有看著無所在安身
無翁婿好靠的阮
佇水邊唱港都夜雨？

2 三腳貓探戈

你敢有聽著阮的聲？
半暝仔夢中，比刀仔較尖
較利的長長的一聲「喵……」
免驚，免驚，我只是一隻
失戀閣失眠的三腳貓

無人格，嘛毋是啥物人才
我是一隻烏貓，做大某毋敢
做細姨勉強，久久啊偷食一改
四支腳予人打賭三支，啊，無
彼號尻川莫食彼號落屎藥仔

你敢有看著阮的影？
佇別人的厝頂跳來跳去，為著
感受厝內底幸福的氣氛。佪
叫我「小三」，我喵喵喵
叫三聲，講：我欠你啥帳？

恁人，需要兩个，纔通探戈
我家己一个亂跳亂舞，日暝
顛倒，無需要褪褲。鬱卒
就亂吼，歡喜就四界趖，目屎
佮露水是我無仝爸母的姊妹

腳步踏差啥人無？我
毋是失智，只是一時失敗

失志。音樂照常予響，噗仔
照常共打，三斤的三腳貓
吞會落去四斤鳥鼠、五更愁

輸甲塗塗塗，嘛都愛探戈……

註：一九七三年九月三日，一艘由高雄旗津開往前鎮的渡輪因翻覆造成二十五人罹難，皆為任職於高雄加工出口區的未婚女性，她們被合葬在一起，稱為「二十五淑女墓」，後遷移改名為「勞動女性紀念公園」。台語：媠，美。閣，又。行起去渡船，走上去渡輪。傷過，太過。四序，舒適。嘛毋是啥物，也不是什麼。賰，剩。彼號，那種。尻川，屁股。個，他們。恁，你們。家己，自己。四界趖，到處晃蕩。佮，和。無仝，不同。噗仔照常共打，照常鼓掌、拍手。鳥鼠，老鼠。輸甲塗塗塗，輸到一蹋糊塗。

駁二

駁二，第二號
接駁碼頭
生之船渠裡閒置的
港口倉庫
如何引燃煙火
自焚為復活的馬頭
豔麗地奔馳於
夜之波浪，二度
接駁，通行

馬蹄聲在記憶的
倉庫一波波翻起
艙底的廢料，滯留於
夏日正午的
她的氣味
久遠的月亮墜入海裡
成為一支露著
尖玻璃片的透明瓶子
被打撈起
層層覆於牆上的
斑駁的航海誌
絞碎，滅跡，又

窸窣作響的愛與夢的
契約，借據，證明紙
浪花證明你來過
接通了，隔了半世紀後
子夜的對話：你兩個
孩子，我滿天顫慄的星子

註：駁二，位於高雄港第三船渠的第二號接駁碼頭，棄置多年，因規畫成藝術特區重現活力。

一線天

瘦身為一粒沙，一縷風吧，人啊，循一線之望，逸入神妙縫隙，窺天

註：高雄大崗山有「一線天」，兩側山壁聳立，形成一線長約百米之山溝。

亞／熱帶

常綠闊葉林，常綠
硬葉林。亞熱帶。
季風給我們月曆
按時自動撕開它
亞／熱帶。我們從
縫隙看到一條回歸線
透明地把島嶼圈成兩半

稻米一年兩熟。很好
再熱些，藍天加溫殺菌
成為南國南島藍色的
珊瑚礁。亞細亞的熱帶
啊／熱帶。亞熱帶連體的
兄弟，姊妹。無分性別
有異膚色的上下體
闊葉硬葉林更綠更硬
最熱月均溫更高些……
溫度不知不覺地把一打狗
兩打狗眾打狗薰成熱狗
啊熱帶，熱情的打狗
島國熱血噴湧的下體

打鐵街

唐山過台灣。鐺！
一甲子的老街，鐺
兩甲子的老店
落下去的是現實的
鐵鎚。鐺。聽到的是
歷史的回音。鐺鐺
一家打鐵店緩緩打出

另一家。十三家合力
錘出一張路牌，鏗鏗
鏘鏘三十公尺長的
聽覺的店招。時間的
馬蹄疾馳過街上
馬蹄鐵掉落成為
冷凝的稿紙，零度的
文本。鼓風爐加熱
流汗，吹了一口氣（啊
好大的口氣！）說：
我們是島嶼第一所
寫作工作坊！

185．打鐵街

註：鳳山東便門附近有一條約三十公尺的打鐵街，歷史悠久。

墾丁

我們墾過
甲、家鄉廣東潮州的荒田
乙、黑水溝變形、波動的阡陌
丙、六堆一堆堆麕集的瘴癘之氣
丁、墾丁
我們啃過
貓鼻頭、鵝鑾鼻的鼻

角蝶魚、疊波棘蝶魚的刺
芒果，蓮霧，山腰的霧
半島的風與夜半無光害
（我們的孫子說的）的星空
我們肯過
貧苦的生活，為了
平凡的生活，為了
與四季一起換不同顏色熱褲與熱情的生活，為了
思想起
四季如春，恆春
四處聽唱，丁丁有聲的墾丁生活

後記

陳黎

《島／國》是我第十四本詩集，六十首詩作完成於二〇一三年五月至二〇一四年七月之間。在《輕／慢》（2009）、《我／城》（2011）、《妖／冶》（2012）、《朝／聖》（2013）四書之後，我本無意再以「斜線」介入我詩集標題之名。此書又如此，殆穿過我家鄉花蓮那條北回歸線之過矣！

那條看不見的北回歸線，模糊銜接了島國北與南，亞熱帶與熱帶，又像一條彩帶似飄曳在島嶼胸前。如果在地圖上要為我們的島塗顏色，也許有人會拿起蠟筆把回歸線以北塗藍，回歸線以南塗綠。我們的島自然是多樣顏料的，但這些年來坐火車一次次繞台灣島，我覺得整個島嶼東、西、南、北是同樣的色調，同樣的情調——同樣的好吃、好玩，同樣地有淚、有笑。就像我們的山，我們的海，同樣顏色中微妙變奏著島嶼不同時候的心情。

今年五月，我應邀去北京中國人民大學擔任駐校詩人，一個月當中風塵僕僕，除了北京外還去了上海、蘇州、長沙等地，談詩唸詩。回台灣後，相對地輕鬆，又繼續這本詩集的寫作。我本來以為這本詩集可能會晚一點才成書，我也許可以在秋天的愛荷華——當我今年去那裡參加「國際寫作計畫」時——在美國的冷天氣裡寫這本亞／熱帶《島／國》的後記。沒想到它不知不覺中一步步成形，我還沒出發去新大陸，它已自足為一個體，一如我們的島／國。我只好欣然接受。

二〇一四年七月．花蓮

INK PUBLISHING

文學叢書 421

島／國

作　者　陳　黎
總 編 輯　初安民
責任編輯　宋敏菁
美術編輯　陳淑美
校　對　陳　黎　宋敏菁

發 行 人　張書銘
出　版　INK 印刻文學生活雜誌出版有限公司
新北市中和區建一路249號8樓
電話：02-22281626
傳真：02-22281598
e-mail:ink.book@msa.hinet.net
網　址　舒讀網 http://www.sudu.cc

法律顧問　漢廷法律事務所
劉大正律師
總 代 理　成陽出版股份有限公司
電話：03-3589000（代表號）
傳真：03-3556521
郵政劃撥　19000691　成陽出版股份有限公司
印　刷　海王印刷事業股份有限公司

港澳總經銷　泛華發行代理有限公司
地　址　香港筲箕灣東旺道3號星島新聞集團大廈3樓
電　話　852-2798-2220
傳　真　852-2796-5471
網　址　www.gccd.com.hk

出版日期　2014年11月 初版
ISBN　978-986-5823-99-3

定　價　260元

本出版品獲花蓮縣文化局補助

國家圖書館出版品預行編目(CIP)資料

島／國　陳黎著.
－－初版.－－新北市中和區：INK印刻文學, 2014. 11
192面；14.8×21公分.－－（文學叢書；421）
ISBN 978-986-5823-99-3（精裝）

851.486　103020792